DOMAINE CONGÉABLE

LES FOINS, PAILLES ET ENGRAIS

DANS LES

RESCISIONS DE PARTAGE

PAR

PIERRE MÉHEUST

ANCIEN ÉLÈVE DE L'ÉCOLE NATIONALE D'AGRICULTURE DE GRAND-JOUAN
ANCIEN DIRECTEUR DE L'ÉCOLE SPÉCIALE D'IRRIGATION
ET DE DRAINAGE DU LÉZARDEAU
EXPERT DES TRIBUNAUX A QUIMPER

RENNES

IMPRIMERIE FR. SIMON, SUCCESSEUR DE A. LE ROY

IMPRIMEUR BREVETÉ

1897

DOMAINE CONGÉABLE

LES FOINS, PAILLES ET ENGRAIS

DANS LES

RESCISIONS DE PARTAGE

DOMAINE CONGÉABLE

LES FOINS, PAILLES ET ENGRAIS

DANS LES

RESCISIONS DE PARTAGE

PAR

PIERRE MÉHEUST

ANCIEN ÉLÈVE DE L'ÉCOLE NATIONALE D'AGRICULTURE DE GRAND-JOUAN
ANCIEN DIRECTEUR DE L'ÉCOLE SPÉCIALE D'IRRIGATION
ET DE DRAINAGE DU LÉZARDEAU
EXPERT DES TRIBUNAUX A QUIMPER

RENNES

IMPRIMERIE FR. SIMON, SUCCESSEUR DE A. LE ROY
IMPRIMEUR BREVETÉ

1897

DOMAINE CONGÉABLE

LES FOINS, PAILLES ET ENGRAIS

DANS LES RESCISIONS DE PARTAGE

I. — La Propriété rurale en Bretagne.

Dans le Finistère, le Morbihan et les Côtes-du-Nord, la propriété foncière présente trois espèces différentes de constitution :

1° La propriété réunissant le fonds et les droits réparatoires, appelée propriété fonds et droits, ayant ses foins, pailles et engrais;

2° Le fonds seul;

3° Les édifices et superfices, constituant les droits réparatoires, avec aussi l'accessoire des foins, pailles et engrais.

La propriété fonds et droits caractérise la possession de première origine.

Le domaine congéable, né plus tard, a fait de la propriété primitive deux parts :

1° Le fonds et, par suite, la rente qui en est l'attribut, appartenant au propriétaire foncier;

2° Les édifices et superfices, appartenant au domanier.

Le domaine congéable est régi par la loi du 6 août 1791, modifiée par celle du 8 février 1897.

La première espèce, la propriété fonds et droits réunis, a été longtemps la forme originelle de la possession territoriale.

Le régime du domaine congéable, traversant ensuite une période de long enfantement, a marqué à son tour l'état dominant des cultures. Mais il décroît en surface depuis trois quarts de siècle. Et aux indices du mouvement des propriétés dans l'Ouest Bretagne, l'on peut dire que nous assistons à son déclin.

Son extinction s'annonce en effet et se consomme sous une irrésistible poussée par les congéments qui s'opèrent et par la vente, en grand nombre, du fonds et de la rente convenancière aux domaniers.

C'est surtout l'acquisition des rentes domaniales par les colons détenteurs qu'il faut se réjouir de voir progresser. L'ancien tenancier, simple possesseur superficiaire, s'élève ainsi à la pleine propriété de sa terre. Par une immense puissance de travail et d'épargne, le regard éternellement fixé sur son domaine, là où il est né et là où il voudrait mourir, et auquel il pense toujours, il le conquiert enfin.

II. — Partages d'ascendants.

Une portion considérable de la propriété en Bretagne repose sur des actes de partage d'ascendants (art. 1075 du Code civil).

Cet article dit : « Les père et mère et autres ascendants pourront faire, entre leurs enfants et descendants, la distribution et le partage de leurs biens. »

L'article 1076 du Code, qui détermine les formes du partage d'ascendants, en dicte deux : « Ces partages pourront être faits par actes entre vifs et testamentaires, avec les formalités, conditions et règles prescrites pour les donations entre vifs et testaments. — Les partages faits entre vifs ne pourront avoir pour objet que les biens présents. »

Les partages d'ascendants opérés en Bretagne sont presque tous établis par actes entre vifs, en conformité des articles 931 et suivants du Code civil. Seuls, quelques pères de famille attardés à la tête de leur exploitation, et saisis par un pressentiment de la dernière maladie, ont recours, à la hâte, au partage testamentaire.

Les avantages du partage d'ascendant sont assurément nombreux : repos du père de famille devenu âgé, qui vit alors de sa réservation viagère; économie et sécurité dans le règlement de la succession; attribution de lots appropriée à chaque cohéritier selon sa convenance; jouissance immédiate et cessation de l'indivision entre frères et sœurs; faculté, pour chacun des donataires, de faire fructifier son patrimoine suivant ses aptitudes.

Ces avantages sont particulièrement assurés lorsque les partages de cette espèce s'opèrent par une division égale des biens, meubles et immeubles. Mais les partages qui attribuent à un seul donataire, ordinairement à l'aîné des fils, la totalité des immeubles, à charge de soultes aux frères et sœurs, ont donné lieu à de nombreuses actions en rescision de partage pour cause de lésion de plus du quart, et encore pour atteinte portée à la réserve de l'un des co-partagés.

Cependant en Bretagne, où les fermes sont de moyenne étendue, il est souvent préférable, malgré ce danger, de donner la terre à un seul des fils, et de l'argent aux autres enfants, si le donateur surtout ne possède qu'une ferme et si le donataire principal est apte à bien conduire son exploitation.

L'article 1079 du Code civil dit : « Le partage fait par l'ascendant pourra être attaqué pour cause de lésion de plus du quart; il pourra l'être aussi dans le cas où il résulterait du partage et des dispositions faites par préciput, que l'un des co-partagés aurait un avantage plus grand que la loi ne le permet. »

L'action accordée par l'article 1079 ne peut s'ouvrir qu'au décès du dernier donateur.

La durée se prescrit par dix ans.

La loi veut que les biens partagés en vertu de l'article 1079 soient estimés, dans une action en rescision pour cause de lésion, d'après leur état au moment du partage (art. 890 C. c.), et leur valeur à l'époque du décès du survivant donateur (art. 920 C. c.).

La disposition de l'article 920 a produit en Bretagne, depuis une trentaine d'années, un mouvement extraordinaire d'actions en rescision de partage pour cause de lésion, par le fait, souvent unique, de l'accroissement de la valeur des biens depuis 1848. Effectivement, le partage d'ascendants remontant à 1848 et 1852, attaqués vingt et trente ans après par les donataires dotés en argent, ont donné ouverture à d'innombrables lésions.

Les biens estimés vers 1850 avaient atteint, en effet, vingt ans plus tard, à la mort des donateurs de cette époque, une plus-value de 25 à 30 °/₀ et même davantage; plus-value engendrée par la hausse générale de toutes les valeurs. La hausse des animaux de ferme avait dépassé la hausse des terres. C'est effectivement une loi économique, que la valeur des immeubles ruraux suit toujours les mouvements prolongés de hausse ou de baisse des produits agricoles.

Cette hausse seule a suffi pour faire rescinder quantité de partages, en dehors de toute imperfection provenant de l'évaluation des biens par le donateur.

III. — Les Rescisions de Partage.

La lésion s'établit, dans une action en rescision de partage, par une expertise de biens compris dans la donation : meubles et immeubles.

L'expertise ordonnée peut donc donner lieu, dans les contrées à domaine congéable, à des estimations qui ont pour objet quatre espèces différentes de biens.

1° D'abord, le mobilier.

Et ensuite, dans les immeubles, les trois espèces définies plus haut :

2° Les terres, fonds et droits réunis, avec les foins, pailles et engrais ;

3° Le fonds seul ;

4° Les droits réparatoires, avec les foins, pailles et engrais.

1° *Le Mobilier.* — L'estimation du mobilier compris dans une donation-partage ne présente aucune difficulté d'ordre juridique. Ce mobilier est évalué en détail par le notaire, conformément aux prescriptions de l'article 948 du Code civil. Il est donc aisé de le corriger en fixant le prix de chaque article d'après sa valeur à l'époque du partage.

« Tout acte de donation d'effets mobiliers, dit en effet l'article 948, ne sera valable que pour les effets dont un état estimatif, signé du donateur et du donataire ou de ceux qui acceptent pour lui, aura été annexé à la minute de la donation. »

Ainsi, si le disposant a eu l'intention, au moment de l'acte, d'avantager dans une certaine mesure le donataire principal, aucune fraude, en tout cas, sur l'espèce et le nombre des objets, ne peut être soupçonnée, car les cohéritiers ou leurs représentants étaient présents. — Le prix seul peut donc, ici, donner matière à examen.

2° *Terres, fonds et droits réunis.* — L'estimation des biens de cette espèce est, au point de vue légal, aussi simple que l'estimation du mobilier. Le travail des experts embrasse tous les éléments constitutifs de la valeur des immeubles donnés, suivant les lieux et les temps, en tenant compte de l'importance de chacun des facteurs en présence dans le produit total de la ferme.

A l'égard des foins, pailles et engrais, il n'y a pas lieu, ici, d'en faire une estimation séparée. Ces produits sont virtuellement compris dans la valeur de l'immeuble lui-même. Immeubles par destination selon la loi, ils sont par leur usage, considérés comme un accessoire incorporé à la propriété.

3° *Le fonds seul.* — La propriété du fonds et de la rente convenancière qui s'y rattache constitue la base du domaine congéable. Mais son estimation ne présente pas non plus de difficulté particulière. — Cette estimation exige plus de détails que celle d'un immeuble réunissant le fonds, les édifices et superfices; par suite, l'opération est plus longue et en même temps plus délicate. Il est nécessaire, en effet, dans cette espèce, de séparer la valeur du fonds, qui appartient au propriétaire, de la valeur des droits réparatoires, qui appartiennent au domanier. Mais en dehors des procédés à employer et des règles à suivre, l'on ne rencontre, en droit, sur ce point, rien d'obscur, ni aucune controverse.

Pour obtenir la valeur du fonds et de la rente y assise, l'on estime en détail, par parcelle de terre, d'abord la valeur de la propriété considérée comme existant fonds et droits réunis, et en même temps, on procède à l'évaluation distincte des droits réparatoires.

La valeur des droits réparatoires étant ensuite retranchée de la valeur totale de l'immeuble, la valeur du fonds et de la rente se trouve dégagée.

Ici apparaît pour la première fois la nécessité d'une estimation séparée des foins, pailles et engrais.

Effectivement, à côté des objets qui constituent les droits réparatoires se placent les foins, pailles et engrais.

4° *Les Droits réparatoires.* — Cette catégorie de biens ne donne lieu, à son tour, au point de vue de son estimation dans un congément ou dans une action en rescision de partage, à aucune difficulté de règle ou de méthode. Mais à ce chapitre se rattache plus intimement et par dessus tout la question des foins, pailles et engrais qui fait l'objet de cette étude.

IV. — Caractère juridique des Foins, Pailles et Engrais.

Au point de vue de cette étude, le caractère juridique des foins, pailles et engrais doit être défini.

Il y a lieu, tout d'abord, de fixer le caractère des produits dont s'agit, à l'égard d'une exploitation rurale qui réunit le fonds et les droits réparatoires.

Il convient, en second lieu, de déterminer l'article du Code civil qui régit la matière en ce qui concerne une tenue congéable.

1° L'article 524. — A l'égard d'une exploitation rurale de la première espèce, réunissant à la fois le fonds et les droits réparatoires, l'article 524 du Code civil règle, sans difficulté, la fonction légale des pailles et engrais.

Cet article dit : « Les objets que le propriétaire d'un fonds y a placés pour le service et l'exploitation de ce fonds, sont immeubles par destination, quand ils ont été placés par le propriétaire pour le service et l'exploitation de ce fonds :

« . . . . . Les pailles et engrais . . . . . »

Les objets énumérés par cet article, meubles par leur nature, sont donc, par la loi, qualifiés immeubles par destination. Cette catégorie d'immeubles est ainsi une création du Code civil.

En ce qui concerne les pailles et engrais, l'article 524 est donc clair. Les pailles et engrais sont immeubles par destination parce qu'ils sont par leur usage, un accessoire obligé du fonds. Encore cependant faut-il que ces produits émanent du propriétaire lui-même. Mais ce texte ne parle pas des foins.

D'après une jurisprudence devenue constante, l'article 524 s'applique aussi aux foins.

Une controverse sur ce sujet a cependant occupé les plus éminents auteurs. Mais les foins, par leur usage, ont été, en définitive, assimilés aux pailles et engrais.

Les foins, pailles et engrais sont donc immeubles par destination, lorsqu'ils sont placés sur une exploitation agricole par le propriétaire pour le service de cette exploitation. — C'est ce qui constitue, dans le Sud Finistère, la *Souche de l'état de stus,* et, sur d'autres points, *le Renable.* Aux foins, pailles et engrais, un grand nombre de baux à ferme et d'actes d'états de stus ajoutent encore, dans la même catégorie d'immeubles, les landes et genêts.

Mais en matière de domaine congéable, les intérêts en présence ne sont pas de l'espèce qui vient d'être examinée. Ici, le propriétaire du fonds est dépouillé des édifices et superfices et, par suite, de la propriété des foins, pailles et engrais. Il ne possède aucun droit en dehors du fonds lui-même.

Mais il faut préciser et remonter aux origines.

L'institution du domaine congéable présente deux modes distincts de formation.

1° Le mode primitif, par premier détachement ;

2° Le mode de cession des droits réparatoires par le propriétaire au domanier.

Le premier mode de formation du domaine congéable part d'un état inculte du sol. Le propriétaire livre au domanier, en vertu d'une baillée et moyennant une redevance convenancière en blés, l'exploitation d'une terre, à charge de rembourser les édifices et superfices que celui-ci y aura établis. C'est le domaine congéable par premier détachement. Il n'existe encore sur la tenue ni foin, ni paille, ni engrais. Nous remontons à la période pastorale.

En conséquence, l'on ne peut rencontrer dans cet état de la propriété les deux conditions essentielles de l'existence des immeubles par destination, savoir :

1° Le placement de ces objets sur le fonds, par le propriétaire lui-même. Ils n'existaient pas.

2° Leur destination à l'exploitation de la terre. Le propriétaire foncier ne pouvait disposer de choses qui, dans l'espèce, par leur nature, appartiennent au domanier.

Le deuxième mode de formation du domaine congéable procède d'une cession des droits réparatoires. Mais dans ce cas, le propriétaire vend au domanier, en même temps que les droits réparatoires existants, les foins, pailles et engrais. Ces produits, dès lors, cessent d'être sa propriété. Ils ne pourront donc être placés par lui sur son fonds. Par suite, leur destination pour le service de l'exploitation ne peut provenir de son intention.

De ce point de départ et de cette brève genèse de la constitution du domaine congéable, l'on tire cette conséquence, que les foins, pailles et engrais ont été, ou créés par le domanier lui-même, ou achetés par lui.

Le pouvoir et l'intention du propriétaire foncier de rattacher à sa tenue les objets qui nous occupent, comme immeubles par destination, ne se rencontrent donc point ici. Les foins, pailles et engrais ne feraient donc pas partie des droits réparatoires.

Ainsi d'ailleurs l'a établi la jurisprudence et notamment un arrêt de la Cour de Rennes du **31** juillet **1834**, qui décide la question comme suit :

« Considérant que s'il est d'usage, lors du congément, d'estimer les pailles et foins et de les rembourser au domanier congédié, il ne faut pas en conclure que ces objets fassent partie des droits réparatoires proprement dits ; qu'ils sont de véritables récoltes ou des débris de récoltes, appartenant au domanier congédié au même titre qui en donne la propriété aux fermiers ordinaires. »

Cette jurisprudence, universellement admise aujourd'hui, permet seule de séparer l'estimation des foins, pailles et engrais, du prisage des droits réparatoires et de procéder à cette estimation après le 29 septembre; ce qui ne pourrait se faire si ces objets étaient considérés comme partie constituante des droits superficiels.

En matière de domaine congéable, la propriété des foins, pailles et engrais est déterminée par l'article 1778 du Code civil.

2° *L'article 1778.* — L'article 1778 est ainsi conçu : « Le fermier sortant doit aussi laisser les pailles et engrais de l'année, s'il les a reçus lors de son entrée en jouissance ; et quand même il ne les aurait pas reçus, le propriétaire pourra les retenir suivant l'estimation. »

Cet article s'applique aux diverses conditions juridiques de la propriété rurale. Il règle les droits du propriétaire et de l'usufruitier vis-à-vis des fermiers ordinaires, comme ceux du foncier vis-à-vis du domanier. Il est, d'ailleurs, d'ordre public et conçu dans l'intérêt d'une bonne culture.

Mais une remarque doit être, sur ce point, immédiatement mise en évidence. L'article 1778 donne au propriétaire ordinaire comme au propriétaire foncier d'une tenue congéable la faculté de retenir les foins, pailles et engrais, sans leur créer une obligation de le faire.

De cette disposition de la loi résulte cette conséquence que le propriétaire qui réunit le fonds et les superfices n'est pas tenu de prendre, en dehors et au-delà de la souche d'état de stus, les foins, pailles et engrais de la ferme. Et d'autre part, le propriétaire foncier d'une tenue à domaine peut, à son tour, refuser ces objets.

Cependant il n'y a guère d'exemples de refus de cette nature. Et la coutume presque générale dans les régions les plus étendues de la Bretagne de retenir ces objets à prix fixés d'avance entre parties, ou à prix d'expert à fin de bail, est un avantage pour les contractants.

Mais il convient peut-être de faire ressortir cette expression de l'article 1778 : « ... les pailles et engrais de l'année ». Il y a dans le mot « *année* » une limitation qui fait voir que, si le fermier rentrant reçoit dans une souche d'état de stus, ou au-delà et en dehors de cette souche, des produits de cette nature remontant à plus d'une année, une constatation doit en être faite contradictoirement, car à sa sortie le propriétaire, sans cette précaution, pourrait les refuser.

3° *Les foins, pailles et engrais sont la propriété du domanier.* — Ici se place une question délicate sur laquelle les juges ont souvent à se prononcer. Elle se présente sous la forme suivante : A la valeur des droits réparatoires compris dans une donation-partage, doit-on ajouter le prix des foins, pailles et engrais d'après estimation ?

Nous venons de voir que l'article 524 ne trouve pas, en matière de domaine congéable, son application touchant les foins, pailles et engrais.

L'article 1778, premier paragraphe, peut être considéré, en la même matière, comme rarement applicable. Les domaniers, effectivement, ne louent guère leurs tenues.

Mais le même article 1778, deuxième paragraphe, s'applique au domaine congéable comme aux héritages ordinaires.

L'on peut donc déclarer, en droit, que les foins, pailles et engrais sont la propriété du domanier.

Que le domanier se trouve légalement, vis-à-vis de son fermier, lorsqu'il loue sa tenue, dans la même situation que le propriétaire ordinaire.

Que, par suite, dans un congément, les foins, pailles et engrais doivent être estimés et remboursés au domanier, s'ils sont retenus sur la ferme.

Que d'ailleurs, en fait, sur toute tenue à domaine congéable qui permet l'entretien de quelques animaux, il existe soit des foins, soit des pailles, soit des engrais, et, le plus souvent, tous ces objets à la fois.

Que dans une donation-partage, le donateur qui attribue à l'un des cohéritiers une tenue de cette espèce, transmet cette tenue avec son accessoire ordinaire de foins, pailles et engrais.

Que si le propriétaire foncier de la tenue exerce son droit de congément, il devra rembourser au domanier donataire le prix desdits objets, s'il les retient.

L'article 22 de la loi du 6 août 1791 prescrit que le congément ne pourra être exercé à d'autre époque qu'à la Saint-Michel, 29 septembre. Le paiement devra, à peine de nullité, avoir été fait le 29 septembre au plus tard ; ou s'il y a eu consignation du prix, le procès-verbal de dépôt et la sommation de retirer la chose ne pourront être faites valablement après cette date.

Ceci est formel pour les droits réparatoires. Mais les foins, pailles et engrais ne faisant pas partie des droits réparatoires comme nous l'avons vu, leur estimation peut être reculée jusqu'à fin septembre et les premiers jours d'octobre.

C'est d'ailleurs invariablement à cette époque que l'estimation en est faite.

Après cet exposé et l'indication des règles qui s'en dégagent, il reste à voir ce que, en la matière, l'usage enseigne.

Dans l'arrondissement de Quimper notamment, et du reste dans tout le Sud Finistère, l'usage est d'accord avec ce qui vient d'être dit, savoir : les foins, pailles et engrais sont estimés en congément. Cette pratique est constante sur toute l'étendue de la région. Et certes la région présente, sur ce sujet, un milieu d'étude exceptionnel par le nombre de ses congéments.

Le canton de Pont-l'Abbé en fournit à lui tout seul au moins sa douzaine chaque année, et Plogastel Saint-Germain en paraît jaloux. Nul pays, peut-être, heureusement d'ailleurs, ne donne au même degré l'exemple d'un état aussi mouvant de la propriété rurale. Car les congéments, dans ces malheureux cantons, n'ont pas, comme ailleurs, pour but unique la consolidation de la tenue par le propriétaire ; ce sont les domaniers entre eux qui, presque toujours, exercent ce droit à la suite de baillées obtenues par concurrence.

Ainsi, d'un côté, la loi ; de l'autre, l'usage. L'usage et la loi d'accords : telle est la condition de droit et de fait qu'il fallait montrer touchant les foins, pailles et engrais dans le domaine congéable.

4° *Cas particuliers.* — Avant de terminer, il y a lieu d'examiner quelques cas particuliers qui n'ont au surplus, par leur nature, aucune portée contradictoire dans la question.

Il s'agit, premièrement, de rechercher la solution que comporte, au point de vue qui nous occupe, une action en rescision de partage pour cause de lésion lorsque l'acte attaqué contient à la fois des terres fonds et droits et des droits réparatoires.

La règle qui s'applique dans ce cas ne peut être évidemment que la règle générale qui vient d'être exposée.

En ce qui concerne d'abord la propriété, fonds et droits réunis, les foins, pailles et engrais ne doivent pas faire l'objet d'une estimation distincte et séparée. Il a été dit, en effet, en commençant, que dans la région embrassée par cette étude, les foins, pailles et engrais sont considérés comme incorporés au sol, de telle sorte que dans une vente d'immeubles, ces objets ne donnent lieu à aucun prix supplémentaire. La terre est vendue avec ses foins, pailles et engrais.

Par application de cette règle, l'estimation des revenus de la propriété par les experts dans une action en rescision de partage pour cause de lésion, ne saurait comprendre une valeur distincte pour ces objets, lesquels, dans l'espèce régie par l'article 524, sont immeubles par destination. La terre tient ces produits.

Si l'immeuble est affermé, les foins, pailles et engrais forment une partie de l'état souche qui sert de base à *l'état de stus*. Le fermier en prend charge suivant mesurage à son entrée, à condition de rendre les mêmes objets en quantité et valeur, ou de payer la diminution à prix ordinairement fixé d'avance, ou à dire d'experts; et s'il y a augmentation, le fermier sortant en est remboursé sur les mêmes bases. En tout cas, cette souche ne doit pas rester inaperçue dans l'estimation d'un immeuble, car il est évident que le revenu ne peut être le même pour une ferme garnie de ses foins, pailles et engrais, ou dépouillée de ces objets. Mais encore une fois, cet élément ne doit pas être séparé dans l'évaluation d'une propriété fonds et droits réunis.

Mais si l'on envisage une propriété à domaine, l'estimation séparée des foins, pailles et engrais est de rigueur, conformément à ce qui vient d'être dit tout à l'heure.

Un calcul de ventilation s'impose alors, afin d'établir le prix de ces objets, suivant le genre de culture et le pouvoir de production des terres du convenant.

A côté du cas qui vient d'être décrit, d'une donation-partage comprenant à la fois des immeubles fonds et droits réunis et de simples droits réparatoires, se place une deuxième question de détail, dont peut dépendre quelquefois le sort de l'acte litigieux et, par suite, l'avenir des co-donataires. Il s'agit de la détermination, dans le calcul des foins, pailles et engrais des terres à domaine, de l'état présumé de la tenue d'après la date du contrat attaqué.

L'on comprend effectivement que, selon l'époque où le contrat a été passé, le domaine se trouve diversement garni des produits dont s'agit. En août et septembre, l'on voit réuni le plus de foins, de pailles et d'engrais. En avril et mai, il n'y a guère sur la tenue ni foin, ni paille ; il reste peu d'engrais.

Il y a donc là un facteur d'une nature particulière dont l'intervention est nécessaire, savoir, la date du partage. C'est sur cette date et sur le système de culture suivi que doit être basé le calcul des foins, pailles et engrais dans une action en rescision pour cause de lésion.

En troisième lieu, il convient d'examiner le cas où, sur une tenue à domaine, le donataire attaqué aurait vendu les foins et pailles avant l'expertise.

Le donataire aurait à prouver que le donateur ne les avait pas compris dans la donation partage. — Ce fait serait généralement facile à établir entre parties. Et si le donataire les avait reçus, il y aurait lieu de les évaluer en reconstituant l'état de stus d'après la date de partage.

Enfin, l'on peut envisager un dernier cas : celui où le donataire principal ayant reçu en partage des droits réparatoires, serait devenu acquéreur du fonds de la tenue avant l'action en rescision de partage.

Ce cas ne peut évidemment modifier les règles établies plus haut. Dans l'espèce, peu importe le foncier. En effet, le donataire évincé peut, dans l'hypothèse de sa qualité de propriétaire foncier de la tenue, congédier ses anciens co-donataires si la tenue leur échoit, ou tous autres domaniers. S'il veut alors retenir les foins, pailles et engrais, il devra en payer le prix ; car ces produits, comme on l'a vu, sont la propriété du domanier. Il suit de là qu'en principe leur prix doit faire l'objet d'une estimation séparée.

De cette étude ressort donc cette conclusion que le prix des foins, pailles et engrais doit être ajouté à la valeur des droits réparatoires compris dans une donation-partage.

Telle est, d'ailleurs, la solution donnée à cette question dans la plupart des jugements rendus sur la matière, dans les instances en rescision de partage pour cause de lésion.

Les exceptions à ce principe se rapportent à des questions d'espèce, et sont fondées sur des considérations d'ordre moral et des circonstances de fait, qui permettent aux juges de faire fléchir la rigueur des calculs devant la gravité des intérêts en cause ; et lorsque surtout la lésion dépend d'une somme sans importance.

Ces exceptions se rencontrent, notamment, dans les cas de partages anticipés passés à l'époque où la tenue se trouve dégarnie de la plus grande partie de ses foins, pailles et engrais ; et dans les cas aussi où l'étendue des terres à domaine est à peine suffisante pour l'entretien de quelques têtes de bétail.

Pierre Méheust.

RENNES, IMP. FR. SIMON, SUCC^r DE A. LE ROY

IMPRIMEUR BREVETÉ.

OUVRAGES DU MÊME AUTEUR

Leçons d'Économie rurale. — Un volume.

Économie rurale de la Bretagne. — Un volume. — (Couronné d'une médaille d'or par la *Société nationale d'Agriculture*).

Les Profits en agriculture. — Un volume.

La Vache bretonne. — Un volume.

Le Porc. — Un volume. — (Couronné par la *Société nationale d'Agriculture.*)

Les Engrais. — Un volume.

Les Cultures et les Bêtes. — Un volume.

Le Domaine congéable et l'Agriculture. — Un volume. — (Couronné par la *Société nationale d'Agriculture.*)

Économie rurale de la Haute-Marne. — Un volume. — (Couronné par le Conseil général de la Haute-Marne.)

Imprimerie Fr. Simon, Rennes (312-97).

www.ingramcontent.com/pod-product-compliance
Ingram Content Group UK Ltd.
Pitfield, Milton Keynes, MK11 3LW, UK
UKHW020449220726
13923UKWH00005B/2430

9 782019 295363